C'EST ICI QUE TOUT COMMENCE

Il faut lire les cases dans l'ordre des chiffres indiqués et, à l'intérieur de chaque case, suivre l'ordre alphabétique. Bonne lecture.

papillon

5

MIWA UEDA

RÉSUMÉ DES ÉPISODES PRÉCÉDENTS

AGEHA MIZUKI
(CHRYSALIDE)

L'HÉROÏNE ET AINÉE DES JUMELLES.
ELLE SORT AVEC HAYATO.

HANA MIZUKI

LA CADETTE DES JUMELLES.
ELLE SE FAIT PARFOIS PASSER POUR AGEHA.

HAYATO ICHIJIKU

PSYCHOLOGUE SCOLAIRE STAGIAIRE. IL EST ÉTUDIANT EN MASTER.

SHINOBU SHINDÔ

EX-PETIT AMI DE HANA.
IL A AUTREFOIS DÉCLARÉ SA FLAMME À AGEHA.

AGEHA SORT AVEC HAYATO ICHIJIKU, LE PSYCHOLOGUE SCOLAIRE DE SON ÉCOLE. ELLE A CRU QU'IL AVAIT COUCHÉ AVEC SA SŒUR, HANA... IL NE S'AGISSAIT QUE D'UN MALENTENDU, MAIS TOUT N'EST PAS TERMINÉ POUR AUTANT. LE QUIPROQUO À PEINE LEVÉ, HANA TENTE DE S'EMPARER DE HAYATO !

21e ÉPISODE : L'EX-PETIT COPAIN

* DANSE TRADITIONNELLE PRATIQUÉE PENDANT LA FÊTE OBON, DU 13 AU 15 AOÛT.

JE N'AI CARRÉMENT PAS LE TEMPS !
MAIS VOUS AVEZ DES VACANCES, VOUS AUSSI...
OUI, MAIS JE NE PEUX PAS PASSER MON TEMPS À M'AMUSER COMME TOI.
ENTRE MES COURS INTENSIFS, LES RECHERCHES POUR MON MÉMOIRE, ET UNE PRÉSENTATION DANS UN GROUPE D'ÉTUDE...
J'AI UNE MONTAGNE DE TRAVAIL QUI M'ATTEND.
がく
CHOC
RÉACTION D'UNE PERSONNE QUI PENSAIT VOIR SON PETIT AMI TOUS LES JOURS.
ÇA VEUT DIRE... QUE L'ON NE POURRA PAS SE VOIR DU TOUT ?
MAIS SI, ON POURRA MANGER ENSEMBLE DE TEMPS EN TEMPS.
SNIF
AH... COMME D'HABITUDE, QUOI...
JE VOIS...
JE PEUX PRENDRE QUELQUES JOURS AUTOUR DE LA FÊTE OBON...
JE CROIS.
EMPLOI DU TEMPS
MMMH...
J'ÉTAIS LA SEULE À ATTENDRE L'ÉTÉ AVEC IMPATIENCE.

ÇA TE DIRAIT QU'ON PARTE QUELQUE PART ENSEMBLE ?
PENSE À ÉCO-NOMISER, ALORS.
O... OK !
YOUPI !
JE VAIS PARTIR EN VACANCES AVEC MON-SIEUR ICHI-JIKU !

* 7 800 YENS = 75 EUROS, 1 000 YENS = 10 EUROS ENVIRON, 5 000 YENS = 50 EUROS ENVIRON.

* ENVIRON 700 EUROS.

...
HANA ?
HEIN ?
MAIS NON, ELLE S'APPELLE AGEHA MIZUKI.
TU LA CONFONDS AVEC QUI ?
TOI, ALORS.
AGEHA, JE TE PRÉSENTE...
MON PETIT COPAIN.
SHINOBU SHINDÔ.
JE M'EN SOU-VIENS...
C'EST L'EX DE HANA.

ÇA FAIT UN SACRÉ BAIL.
OUI...
JE NE PENSAIS PAS QUE L'ON SE REVERRAIT.
EN...
EN EFFET.
TU AS BIEN CHANGÉ, DIS DONC.
PAR RAPPORT À TON STYLE QUAND ON ÉTAIT AU COLLÈGE.
AH...
TOI AUSSI. JE NE T'AI PAS RECONNU SUR LE COUP.
TU AS GRANDI ET TA COUPE DE CHEVEUX EST DIFFÉRENTE.
OUI...
ILS ÉVITENT LES SUJETS QUI FÂCHENT.
SILENCE TOTAL
SU... SUPER, L'AMBIANCE...
QU'EST-CE QUE LES CLIENTS ATTENDENT POUR VENIR ?!
ELLE T'EN VEUT ENCORE DE LUI AVOIR PIQUÉ SON COPAIN.

* AU JAPON, LES ÉLÈVES QUI S'APPELLENT PAR LEUR PRÉNOM SERAIENT PLUS PROCHES QUE CEUX QUI S'APPELLENT PAR LEUR NOM DE FAMILLE (TOUTEFOIS, CELA N'EST PAS SYSTÉMATIQUEMENT VRAI).

POURQUOI CELA ME FAIT SI MAL AU CŒUR ?
HAAA !
JE SUIS CREVÉE.
PLAF
PLUTÔT PSYCHOLOGIQUEMENT QUE PHYSIQUEMENT.
NON...
JE N'AI VRAIMENT PAS ENVIE D'Y ALLER DEMAIN.
GYAH !
UN MOUSTIQUE !
JE FERAIS PEUT-ÊTRE MIEUX D'ARRÊTER LE BOULOT AU RESTAURANT...
MAIS C'EST MIMI QUI M'A PROPOSÉ CE TRAVAIL.
JE NE PEUX PAS LUI FAIRE ÇA...
BZZZ
WAAAH ! NE T'APPROCHE PAS DE MOI !

QU'EST-CE QUE JE DOIS FAIRE... ?
SI SEULEMENT JE POUVAIS TROUVER...
UNE SOLUTION...
DRIIIIING
ジリリリリリリ…
チュン チュン… CUI CUI
C'EST DÉJÀ LE MATIN...
ずーん… MOWG
JE NE SUIS PAS MOTIVÉE...
BON-JOUR.
BONJ...
!
AGEHA, CE...
QUE...
QU'EST-CE QUI T'EST ARRIVÉ ?
HEIN ?

DZAM !
PWIP
C'EST...
C'EST QUOI, CE TRUC ?!
ÇA DOIT ÊTRE UN MOUSTIQUE.
REGARDE, TU AS ÉTÉ PIQUÉE À UN, DEUX...
CINQ ENDROITS !
QUOI ?
JE PARIE QUE ÇA TE DÉMANGEAIT ET QUE TU T'ES FROTTÉ L'ŒIL.
CHOC
HIER SOIR... MAINTENANT QUE J'Y PENSE...
FROTTE FROTTE
MMMMH...
ET VOILÀ.
HA HA HA HA
ON DIRAIT UN CHAMPIGNON !
UN CHAMPIGNON ?!
C'EST TROP DRÔLE !
PFFUH
ÇA SE VOIT QUE CE N'EST PAS VOUS QUI AVEZ ÇA SUR L'ŒIL !
ENFIN, TU AS DE LA CHANCE QUE CE SOIT LES VACANCES.
MAIS MON BOULOT !
JE NE PEUX PAS Y ALLER COMME ÇA !
OH
AH ! JE N'AI QU'À DIRE QUE JE SUIS MALADE !
SERAIT-CE LA VOLONTÉ DE DIEU ?
IL NE VEUT PAS QUE J'AILLE TRAVAILLER ?

TU N'AS QU'À DEMANDER À HANA D'Y ALLER À TA PLACE.
?!
PERSONNE NE VERRA LA DIFFÉRENCE POUR UNE JOURNÉE.
QUOI... POURQUOI JE DEVRAIS FAIRE ÇA... ?
ENFIN, ÇA NE ME DÉRANGE PAS.
NO...
NON !
ÇA IRA. JE PEUX Y ALLER.
MAIS AVEC CE TRUC SUR TON ŒIL...
ÇA VA ALLER !
JE NE PEUX PAS L'OBLIGER À CÔTOYER SHINDÔ...
ELLE...
A ENCORE CE CHAGRIN D'AMOUR SUR LE CŒUR.
ELLE N'A PAS ÉTÉ TENDRE AVEC MOI...
MAIS C'EST CE QUI S'EST PASSÉ AVEC SHINDÔ QUI EST À L'ORIGINE DE SON COMPORTEMENT...
RESTAURANT
MOTHER GARDEN

* CÉLÈBRE HISTOIRE D'HORREUR ADAPTÉE DE NOMBREUSES FOIS À LA TÉLÉVISION ET AU CINÉMA.

SWIF
CRÈME ANTI-PIQÛRE
TIENS.
ÇA MARCHE BIEN CONTRE LES PIQÛRES.
AH...
MERCI.
OH...
ÉMUE
C'EST GENTIL.
IL EST LE SEUL À NE PAS S'ÊTRE MOQUÉ DE MOI.
JE ME SOUVIENS QU'IL N'ÉTAIT DÉJÀ PAS DU GENRE À JUGER LES GENS SUR LEUR APPARENCE.
IL ÉTAIT NATUREL AVEC MOI.
ON ÉTAIT DANS LA MÊME CLASSE.
ET ON DISCUTAIT SOUVENT À UNE CERTAINE ÉPOQUE.
GWUSH
AH... MES SOUVENIRS SE BROUILLENT ENCORE...
→ CACHE-ŒIL ACHETÉ AVANT DE VENIR AU RESTAURANT.

POURQUOI EST-CE QUE ÇA M'ARRIVE...
À CHAQUE FOIS QUE J'ESSAIE DE ME RAPPELER DE CETTE ÉPOQUE ?
BIBLIOTHÈQUE MUNCIPALE
カタン…
CLAP
カリカリ
SCRITCH
カリ
SCRITCH
QU'EST-CE QUE TU FAIS ICI ?
MES DEVOIRS.
CE N'EST PAS LES TABLES LIBRES QUI MANQUENT.
J'AI LE DROIT DE M'ASSEOIR OÙ JE VEUX, NON ?

カリ SCRITCH
カリ SCRITCH
カリ SCRITCH
DIS...
QU'EST-CE QUE TU PENSES...
DE MOI ?

TU ES AMOUREUSE DE MOI ?
どきーん
BOBOM
APRÈS TOUT, C'EST NORMAL QUE DES JUMELLES AIENT LES MÊMES GOÛTS.
JE N'AI RIEN DIT ENCORE.
ENFIN, JE TE CONSEILLE DE LAISSER TOMBER.
TU T'INTÉRES-SES À MOI UNIQUEMENT PARCE QUE JE SORS AVEC AGEHA.
TU PRO-JETTES SUR MOI L'IMAGE DE TON PROPRE PÈRE.
MON PÈRE ?
TU RE-CHERCHES À TRAVERS MOI L'AMOUR...
QUE TU AURAIS VOULU RECEVOIR DE LUI.

TU L'AS DIT TOI-MÊME.
MON PÈRE NE PENSAIT QU'À AGEHA QUAND ELLE NE VIVAIT PAS AVEC NOUS.
C'EST POUR ÇA QUE TU VEUX CAPTER L'ATTENTION DE L'HOMME QUI A AGEHA DANS SON CŒUR.
...
MES SENTIMENTS NE S'ANALYSENT PAS AVEC DES THÉORIES...
JE VEUX ÊTRE PRÈS DE TOI PARCE QUE JE T'AIME...
ÇA POSE UN PROBLÈME ?

...
CE...
CE N'EST PAS ÇA MAIS...
MAIS TOUT LE MONDE A LE DROIT D'AIMER QUI IL VEUT, NON ?
JE NE PEUX PAS...
JE SAIS.
CRIII
CRIII
CRII
CRIII
CRII
CRII
CRII
CRII

AGEHA.
C'EST LA PAUSE.
PAR LÀ.
SMILE
AU FAIT...
ÇA VA BEAUCOUP MIEUX GRÂCE À LA CRÊME QUE TU M'AS PRÊTÉE.
MERCI ENCORE.
IL...
IL M'A SOURI...
ÇA ME FAIT PLAISIR.
JE NE SAIS PAS POURQUOI MAIS ÇA ME FAIT PLAISIR...
...

HANA...
AGEHA...
DIS-MOI...
COMMENT ELLE VA ?
AH...
ELLE VA BIEN.
AH OUI ?
ELLE PENSE ENCORE À CE QUI S'EST PASSÉ ENTRE EUX...
MAIS-JE NE PEUX PAS LUI DIRE.
BLUSH
ホッ...
POUR TE DIRE, HANA... AFIN D'ÊTRE SÛRE DES SENTIMENTS DE SON COPAIN...
ELLE L'ALLUME EN SE FAISANT PASSER POUR TOI.
S'IL SAVAIT QUE HANA FAISAIT ÇA...
JE ME DEMANDE COMMENT IL RÉAGIRAIT...

Elle fait un blocage.
Sa blessure doit être profonde, mais quand même.
Le complexe que j'avais par rapport à Hana...
Elle éprouvait le même vis-à-vis de moi...
Nous étions dans la même détresse.
Elle...
Et moi...
Ce plat !
C'est trop bon !
Wah...
C'est Shindô qui l'a préparé.
Hein ?

AU COLLÈGE, DÉJÀ, TU DISAIS QUE TU VOULAIS OUVRIR TON PROPRE RESTAURANT.
TU TE SOUVIENS DE ÇA ?
ET MAINTENANT, TU ARRIVES À FAIRE DES PLATS COMME ÇA.
TU TE DÉBROUILLES SUPER BIEN !
JE VIENS JUSTE DE M'EN RAPPELER.
VOUS VOUS CONNAISSEZ TOUS LES DEUX ?
VOUS FORMEZ UN JOLI COUPLE.
DITES, VOUS NE SORTIRIEZ PAS ENSEMBLE ?
HEIN ?!

Mais...
Mais non. Qu'est-ce que vous allez imaginer ?
Tu rêves !
TINK
Ah...
Je t'assure.
Elle veut sortir avec toi.
Quoi ? Qui ça ?
Ageha Mizuki !
Je te dis que tu rêves !

DIS-LUI QUE TU L'AIMES, ET TU VERRAS.
JE T'AIME.
NE TE MOQUE PAS DE MOI.
JE M'EN SOUVIENS MAINTENANT.
DEPUIS CE JOUR-LÀ, JE N'AI PAS ARRÊTÉ DE L'ÉVITER...
ET ON NE S'EST PLUS PARLÉ.
ÇA Y EST.

APRÈS RYÛSEI, C'EST LE PREMIER GARÇON DONT J'ÉTAIS PROCHE.
J'ÉTAIS HEUREUSE DE BIEN M'ENTENDRE AVEC LUI.
ET...
C'EST LA RAISON...
POUR LAQUELLE ÇA M'A FAIT MAL.
SI J'AVAIS UNE SORTE DE FILTRE SUR MES SOUVENIRS...
C'EST PARCE QUE JE NE VOULAIS PAS M'EN RAPPELER.
J'AVAIS FERMÉ À CLEF LA PORTE QUI S'OUVRE VERS MON PASSÉ.
RESTAURANT MOTHER GAR
AU REVOIR À TOUS.
JE RENTRE CHEZ MOI.

C'EST BIZARRE.
SUR LE COUP, J'ÉTAIS VRAIMENT BLESSÉE...
MAIS MAINTENANT, ÇA NE ME FAIT PAS GRAND-CHOSE.
C'EST GRÂCE À M. ICHIJIKU...
LA FERME ! C'EST BON !
HAP
QU...
QU'EST-CE QUI SE PASSE ?
TU NE ME VERRAS PLUS !
UNE BAGARRE ?
AH, SHINDÔ.
ET...
HOSHINO QUI TRA-VAILLE AVEC NOUS.
TU VEUX QUE JE TE RACCOM-PAGNE ?
ÇA IRA. MES AMIS M'ATTENDENT JUSTE À CÔTÉ.
MERCI POUR TON AIDE.
AH...

AU REVOIR.
AU REVOIR.
QU'EST-CE QUI S'EST PASSÉ… ?
UN PROBLÈME AVEC UN CLIENT.
HOSHINO LUI PLAISAIT ET IL S'EST MIS À LA HARCELER.
AH…
TOI AUSSI, AGEHA…
FAIS BIEN ATTENTION.
IL Y EN A DES GARS BIZARRES, PARFOIS.
C'EST SHINDÔ QUE JE TROUVE BIZARRE.
POUR LE MOMENT…
IL EST SI GENTIL…
POURQUOI EST-CE QU'IL S'EST MOQUÉ DE MOI COMME ÇA AU COLLÈGE ?
JE POURRAIS LUI DEMANDER…

C'EST LE TIMING IDÉAL.
J'AI UNE QUES-TION.
AUTREFOIS, TU M'AS DIT POUR RIGOLER QUE TU VOULAIS SORTIR AVEC MOI.
POURQUOI EST-CE QUE TU AS FAIT ÇA ?
E...
EUH..

DÉ...
DÉSOLÉE.
JE TE DEMANDE ÇA TOUT À COUP.
JE DOIS DIRE QUE ÇA M'INTRIGUE.
MÊME SI TES COPAINS T'ONT POUSSÉ À LE FAIRE...
J'AI DÛ MAL À CROIRE QUE TU AIMES CE GENRE DE BLAGUES.
JE...
ET DONC JE ME DEMANDAIS...
POURQUOI...
...
TU AS CRU QUE C'ÉTAIT UNE BLAGUE ?
J'AURAIS DÛ ME TAIRE !
AU SECOURS !

J'ÉTAIS SÉRIEUX CE JOUR-LÀ.

22E ÉPISODE : LE PASSÉ

papillon

J'ÉTAIS SÉRIEUX CE JOUR-LÀ.
QUOI… ?
JE T'AIMAIS VRAIMENT À CETTE ÉPOQUE.
IL…
M'AIMAIT ?
CE N'EST…
PAS VRAI ?!

NON...
DODOM ドキ
DODOM ドキ
DODOM ドキ
DODOM ドキ
JE NE PEUX PAS... Y CROIRE.
TU PENSAIS QUE C'ÉTAIT UNE BLAGUE ?
DÉ... DÉSOLÉE !
C'EST DINGUE.
POURQUOI ?
EH... EH BIEN...
J'AI ENTENDU LA CONVERSATION QUE TU AS EUE AVEC TES COPAINS...
LAQUELLE ?
...

JE T'ASSURE, ELLE T'AIME !
TU RÊVES TROP.
DIS-LUI QUE TU L'AIMES ALORS, ET TU VERRAS.
JE N'Y CROIS PAS...
...
COMME TU AVAIS L'AIR DE NE PAS APPRÉCIER CE QU'ILS DISAIENT...
QUAND TU M'AS DIT QUE TU M'AIMAIS, JE ME SUIS DIT QUE...
...
C'EST TOUT LE CONTRAI-RE.
HEIN ?
ÇA M'A FAIT PLAISIR...

QUE LES AUTRES ME DISENT QUE TU AVAIS L'AIR D'ÊTRE AMOUREUSE DE MOI.
JE...
APRÈS ÇA, JE N'AI PLUS PU GARDER MES SENTIMENTS POUR MOI...
J'HALLU-CINE...

ぼ
GROGGY
HAP
QU'EST-CE QUI T'ARRIVE ?!
TU ES TOUTE ROUGE.
TU AS DE LA FIÈVRE ?
CE...
CE N'EST RIEN.
TAC TAC TAC
CLAC
JE T'AIMAIS VRAIMENT À CETTE ÉPOQUE.
DOOM DOOM
DOOM DOOM
IL ÉTAIT AMOUREUX DE...
DOOM DOOM
DOOM DOOM

COMMENT...
JE DOIS LE PRENDRE ?
SALUT.
RESTAURANT MOTHER GARDEN
DODOm
どっきーん
SALUT.
HA HA
TON ŒIL EST ENCORE ENFLÉ ?
AH...
JE L'AI FROTTÉ PENDANT QUE JE DORMAIS...

HUM
TAC
TU TE PRENDS TROP LA TÊTE.
C'EST UN SACRÉ CHOC...
JE CROYAIS QUE J'ÉTAIS LA SEULE À RESSENTIR DES CHOSES...
SHINDÔ AMOUREUX DE MOI...
POURQUOI IL FAUT...
QUE JE SOIS AU COURANT DE ÇA MAINTENANT... ?
HIER SOIR, JE ME SUIS RAPPELÉ DE CE QUI S'EST PASSÉ APRÈS.

APRÈS QUE HANA A APPRIS QUE JE T'AVAIS AVOUÉ MES SENTIMENTS...
ELLE M'A ASSAILLI DE QUESTIONS.
CHOMP
KOF KOF KOF KOF
ÇA VA ?
O... OUI.
JE ME SOUVIENS DE CE QUE TU AS DIT À CE MOMENT-LÀ.
C'EST VRAI QUE TU AS DIT À AGEHA QUE TU L'AIMAIS ?!
C'ÉTAIT POUR RIRE !
...

JE PENSAIS QUE TU AVAIS DIT ÇA POUR NE PAS LA BLESSER.
MAIS TU CROYAIS VRAIMENT QUE JE N'ÉTAIS PAS SÉRIEUX.
HA...
HA HA...
J'AVOUE QUE...
C'EST UN PEU DUR À ACCEPTER...
ズキーン
TINK

QU'EST-CE QUE JE DOIS FAIRE ?
J'AI VRAIMENT ÉTÉ NULLE, NON ?
VOUS PENSEZ QUE JE DEVRAIS M'EXCUSER ?
...
ÇA NE VOUS INTÉRES-SE PAS ?!
J'AI BESOIN DE CON-SEILS !
DIS DONC...
TU CROIS QUE ÇA ME FAIT PLAISIR D'ENTENDRE QU'UN GARÇON T'A DIT QU'IL T'AIMAIT ?
SI ÇA TE PERMET DE TE SENTIR MIEUX...
MAIS JE NE SAIS PAS S'IL SOUHAITE ENTENDRE DES EXCUSES APRÈS TOUT CE TEMPS.

BEN, VOUS ÊTES PSYCHOLOGUE, NON ?
TOI ALORS ...
QU'EST-CE QUE JE DOIS FAIRE ?
...
QU'EST-CE QUE TU RESSENTAIS POUR LUI AU COLLÈGE ?
どきん
BOBOM...
EUH...
CE QUE...
JE RESSENTAIS...
TU ÉTAIS AMOUREUSE DE LUI ?
C'EST-À-DIRE...
QU'IL SORTAIT AVEC HANA ET...
TU ÉTAIS DONC AMOUREUSE DE LUI.
もじ
もじ

MAIS...
J'AI ENCORE DU MAL À Y CROIRE.
COMMENT...
J'AURAIS PU PENSER...
QUE C'ÉTAIT RÉCIPROQUE... ?
ARGN
VOUS CROYEZ QUE JE SERAIS SORTIE AVEC SHINDÔ SI J'AVAIS PRIS CONSCIENCE...
DE SES SENTIMENTS ?
JE N'EN SAIS RIEN !
POURQUOI VOUS VOUS ÉNERVEZ ?
GRR
S'IL N'A PAS INSISTÉ...
C'EST QU'IL N'ÉTAIT PAS SI AMOUREUX QUE ÇA, NON ?

Oui...
TRISTE
Vous avez raison...
...
Vous croyez que je peux continuer de travailler au restaurant dans ces conditions ?
がたくっ
GATAM
Monsieur Ichijiku ?
Qu'est-ce que tu veux que je te dise ?

HEIN... ?
NE ME DEMANDE PAS DE RÉSOUDRE TOUS TES PROBLÈMES À TA PLACE.
SHINDÔ ET TON BOULOT, C'EST TOI QUE ÇA REGARDE.
MAIS...
ENFIN...
VOUS POURRIEZ ÊTRE PLUS GENTIL.
VOUS M'AVEZ TOUJOURS CONSEILLÉE !
ÇA SUFFIT. DÉBROUILLE-TOI TOUTE SEULE !
VLAM
QU'EST-CE QUI LUI PREND ?
IL N'EST PAS SYMPA.

VRAIMENT MÉCHANT !
ÇA DOIT ÊTRE DE LA JALOUSIE.
QUOI ?
AGE, POURQUOI C'EST À MOI QUE TU TÉLÉ-PHONES...
JALOUX ?
À CAUSE...
ALLOÔ ?
DE CE QUE J'AI DIT ?
ALLÔ ?
SÉRIEUX ?!
DING DONG
SILENCE
ん...
TIENS, AGEHA ?
HAP
AH...
C'EST BIEN TOI.

HAYATO N'EST PAS LÀ ?
AH...
QUI C'EST ?
ON DIRAIT...
QU'IL EST ABSENT...
ZUT, JE PENSAIS LUI DEMANDER DE GARDER LES PETITS.
MARIE, LOUIS, C'EST AGEHA !
HMM ?
TU N'AVAIS PAS RENDEZ-VOUS AVEC HAYATO ?
NON...
...
ET ALORS ?
VOUS L'AVEZ DÉJÀ OUBLIÉE ?
BON...
JE VAIS Y ALLER.

DIS-MOI, TU SORS AVEC HAYATO ?
!
C'EST VRAI ?!
DEPUIS QUAND ?!
EUH...
VOUS ÉTIEZ DÉJÀ ENSEMBLE QUAND JE SUIS VENUE ?!
...
OUI...
JE ME DISAIS BIEN... C'EST LA PREMIÈRE FOIS QUE JE VOYAIS HAYATO FAIRE ENTRER UNE LYCÉENNE CHEZ LUI.
ON A DÛ COMMENCER... AUTOUR DE CETTE PÉRIODE.
IL S'EST ENFIN DÉCIDÉ À SE TROUVER UNE PETITE AMIE.
JE SUIS RASSURÉE.

JE PENSAIS QU'IL AVAIT DÉCIDÉ DE RESTER CÉLIBATAIRE TOUTE SA VIE.
JE TE LE CONFIE.
OK...
CLAC
BON-JOUR.
AH...
LE TYPE D'AVANT D'HIER ?
NON... POURQUOI IL EST ENCORE LÀ ?
IL AVAIT DIT QU'IL NE VIENDRAIT PLUS.

QUE DÉSIREZ-VOUS ?
UN CAFÉ.
TRÈS BIEN.
SLIP
SPLASH
HÉ !
QU'EST-CE QUE VOUS FABRIQUEZ ?!
RESTAURANT MOTHER GARD
LE CAFÉ EST OFFERT PAR LA MAISON, ET VOICI LES FRAIS DE PRESSING.
VEUILLEZ ACCEPTER NOS EXCUSES !

APRÈS QU'IL A RENVERSÉ DE L'EAU SUR MOI, JE N'AI PAS EU DROIT À LA MOINDRE EXCUSE.
VOUS DEVRIEZ APPRENDRE À VOS EMPLOYÉS À MIEUX SE COMPORTER, VOUS NE CROYEZ PAS ?
NOUS SOMMES SINCÈREMENT DÉSOLÉS.
SHINDÔ, QUAND TU COMMETS UNE FAUTE, IL FAUT IMMÉDIATEMENT FAIRE TES EX-CUSES AUPRÈS DU CLIENT.
TRÈS BIEN.
QUE ÇA NE SE RE-PRODUISE PAS.
DÉSOLÉ DE VOUS AVOIR CAUSÉ DU TORT. DÉDUISEZ DE MA PAYE LE CAFÉ ET LES FRAIS DE PRESSING.
MA-DAME...
CE TYPE...
CHUT

POURQUOI TU NE LUI DIS PAS ? IL A FAIT EXPRÈS, NON ?
TU N'AS RIEN À TE REPROCHER...
C'EST VRAI, MAIS J'AI ÉTÉ UN PEU DUR AVEC LUI AVANT-HIER.
SHINDÔ...
DÉSO-LÉE...
TU M'AS ENCORE SAUVÉE.
IL A FAIT ÇA POUR QUE HOSHINO N'AIT PAS D'ENNUIS ?
TU T'OCCUPES DE NETTOYER LES TOILETTES, OK ?
C'EST VRAI... IL ÉTAIT COMME ÇA AU COLLÈGE AUSSI.
À TOUJOURS PRENDRE SUR LUI...

À CE MOMENT AUSSI...
C'ÉTAIT POUR RIRE !
IL A PRÉFÉRÉ NE RIEN DIRE ?!
PLUS JE RESTE AVEC LUI...
ET PLUS JE ME SOUVIENS DE CETTE ÉPOQUE.
LES SENTIMENTS QUE JE GARDAIS AU FOND DE MOI...
COMMENCENT À DÉBORDER DE MON CŒUR...

RESTAURANT
MOTHER GARDEN
AGEHA !
MAMIE !
TU TRAVAILLES DONC ICI ?!
C'EST UN BEAU RESTAURANT.
C'EST TA GRAND-MÈRE ?
O...
OUI.
MERCI DE TOUT CE QUE VOUS FAITES POUR AGEHA. J'ESPÈRE QU'ELLE BOSSE DUR.
OUI.
ELLE TRAVAILLE DUR.
HEUREUSE DE L'ENTENDRE. ♡

TU ES VENUE TOUTE SEULE ?
CE N'EST PAS UN ENDROiT OÙ L'ON MANGE TOUT SEUL.
HANA M'A ACCOMPA-GNÉE.
QUOi ?
ELLE EST EN TRAiN DE TÉLÉ-PHONER...
AH, LA VOiLÀ.
HANA, JE SUiS iCi.

SHINOBU ?
QU'EST-CE QUE ÇA SIGNIFIE ?
J'ATTENDS DES EXPLICATIONS.
VOUS TRAVAILLEZ DANS LE MÊME RESTAURANT ?
?
EUH...
C'EST UN PUR HASARD...
JE N'AIME PAS ÇA...
VOUS FAITES ENCORE DES CHOSES DANS MON DOS, COMME LA DERNIÈRE FOIS.

MAIS...
MAIS BIEN SÛR QUE NON.
ALORS POURQUOI TU NE M'AS PAS DIT QUE VOUS TRAVAILLIEZ ENSEMBLE ?
J'AI VU COMME TU AS PANIQUÉ QUAND ON A ÉVOQUÉ LA POSSIBILITÉ QUE J'AILLE AU RESTAURANT À TA PLACE.
TU NE VOULAIS PAS ME DIRE QU'IL ÉTAIT LÀ, C'EST ÇA.
QU'EST-CE QUI SE PASSE ?
RIEN.
JE RENTRE.
HANA !
JE SUIS DÉSOLÉE DE NE T'AVOIR RIEN DIT !
JE NE VOULAIS PAS TE LE CACHER.

JE PENSAIS QUE TU N'AVAIS PAS OUBLIÉ SHINDÔ ET...
QUOI ?
TU AS EU PITIÉ ?!
TU CROYAIS QUE ÇA ALLAIT ME FAIRE DU MAL DE LE REVOIR ?
JE T'AI DEMANDÉ DE T'APITOYER SUR MON SORT ?

MAIS...
CE N'EST PAS À TOI DE DÉCIDER CE QUE JE DOIS RESSENTIR.
TU AS TOU-JOURS ÉTÉ COMME ÇA !
QUAND IL T'A DIT QU'IL T'AIMAIT, TU AS INTERPRÉTÉ SES SENTIMENTS À TA FAÇON.
MÊME APRÈS NOTRE SÉPARATION...
TU AS CONTINUÉ À L'IGNORER.
IL A EU LE COURAGE DE TE DÉCLARER SON AMOUR...
ET TOI, TU N'AS PAS EU LE CRAN DE FAIRE FACE À LA SITUATION ?!

...
JE... JE...
CROYAIS VRAIMENT QU'IL S'ÉTAIT MOQUÉ DE MOI.
JE SUIS TELLEMENT NULLE QUE J'AI CRU QUE MALGRÉ SA GENTILLESSE, SHINDÔ ÉTAIT CAPABLE D'UNE CHOSE PAREILLE.
JE ME DISAIS QU'ON SE MOQUERAIT DE MOI SI CELA SE SAVAIT QUE J'AIMAIS UN GARÇON...
TU ME SAOULES.

IL N'Y EN A QUE POUR TES SENTIMENTS...
TU ES INSENSIBLE À CE QUE PENSENT LES AUTRES.
C'EST CE QUE JE DÉTESTE CHEZ TOI !

23E ÉPISODE : INSENSIBLE

AGEHA ?
TU T'ES DISPUTÉE AVEC HANA ?
UN PEU...
PRENDS TON TEMPS POUR MANGER.
...
IL N'Y EN A QUE POUR TES SENTIMENTS... TU ES INSENSIBLE À CE QUE PEN-SENT LES AUTRES.

JUSQU'À PRÉSENT...
J'AI VÉCU DANS MON COIN SANS CAUSER DE TORT À PERSONNE.
ET VOILÀ QUE JE RÉALISE QUE JE SUIS...
DÉSESPOIR
INSEN-SIBLE.
INSENSIBLE... ET JE N'EN AVAIS MÊME PAS CONSCIENCE.
C'EST UN SACRÉ CHOC...
J'AI TOUJOURS ÉTÉ COMME ÇA ?
SI ON NE ME L'AVAIT PAS DIT JE NE L'AURAIS JAMAIS IMAGINÉ.
FLUSH

Peut…
Peut-être bien que…
Mm…!
J'ai blessé des gens sans m'en rendre compte…
Ah !
Tu crois que ça me fait plaisir d'entendre qu'un garçon t'a dit qu'il t'aimait ?
Ben, vous êtes psychologue, non ?
ガシャーン
CLANG

RESTAURANT
MOTHER GARDE
BONNE SOIRÉE.
TIENS ? OÙ EST AGEHA ?
ELLE EST DÉJÀ PARTIE. ELLE AVAIT L'AIR PRESSÉE.
QU'EST-CE QUE JE DOIS FAIRE ?
MONSIEUR ICHIJIKU EST PSYCHOLOGUE.
JE NE PENSAIS PAS QUE ÇA LE FERAIT SOUFFRIR.

MARIE, LOUIS...
C'EST VOTRE MAMAN CHÉRIE. ♡
GYAA
TU POURRAIS LES METTRE À LA GARDERIE, NON ?
TU NE VOUDRAIS PAS AVOIR DES PETITS BOUTS DE CHOU PAREILS ?
NON !
C'EST VRAI QU'AGEHA EST ENCORE LYCÉENNE...
ET TOI ÉTUDIANT.
QUOI ?
JE SUIS AU COURANT.
ALORS COMME ÇA, TU SORS AVEC ELLE ?

AGEHA...
ELLE LUI A DIT !
C'EST UNE BONNE NOUVELLE QUE TU TE SOIS DÉCIDÉ À COMMENCER UNE NOUVELLE HISTOIRE D'AMOUR.
HI
HI
JE N'EN SUIS PAS SI SÛR.
HEIN ?
HAA
HAA
コケ

ELLE VOUDRAIT QUE JE LUI DONNE UNE SORTE D'AMOUR PATERNEL.
TAC
TAC
TAC
JE ME SUIS TROUVÉ LÀ PAR HASARD QUAND ELLE AVAIT BESOIN D'AIDE ET ELLE S'EST ATTACHÉE À MOI.
TAC
TAC
IL DOIT Y AVOIR D'AUTRES GARÇONS AVEC QUI ELLE IRAIT MIEUX.
TU DIS ÇA MAIS COMMENT TU RÉAGIRAIS SI ELLE RENCONTRAIT QUELQU'UN ?

CETTE VOIX...
RAN ?
TU LE SAIS TRÈS BIEN QUE ÇA TE FERAIT DE LA PEINE.
SAF
SI ELLE TOMBE AMOUREUSE DE QUELQU'UN DE SON ÂGE...
ET QU'ELLE VEUT SORTIR AVEC LUI, JE SUIS PRÊT À LAISSER MA PLACE.

ÇA VEUT DIRE QUOI ?
TU NE L'AIMES PAS ?!

...
JE NE SAIS PAS.
COMMENT ÇA ?
ELLE T'A DIT QU'ELLE VOULAIT SORTIR AVEC QUELQU'UN DE SA CLASSE ?
ELLE ÉTAIT HEUREUSE D'APPRENDRE QU'UN GARÇON QU'ELLE AIMAIT AU COLLÈGE ÉTAIT AMOUREUX D'ELLE.

PFFF
KYAHAHAHAHA
TU ES JUSTE JALOUX, EN FAIT ?!
AT-TENDS...
TU VEUX JUSTE PRÉPARER LE TERRAIN AVANT DE TE FAIRE PLAQUER.
LAISSER TA PLACE ?
HI HI
C'EST MIMI, DIS DONC.
GRR
JE VAIS LA BUTER !
KWISS
ばっ
VLAM

QU'EST-CE QU'IL Y A ?
MMH...
QUAND JE PARLE DE CE GENRE DE TRUCS, ELLE EST TOUJOURS DANS LE COIN...
?
OUF
JE ME FAIS TROP D'ID...
JE SUIS PRÊT À LAISSER MA PLACE.

IL ME DÉTESTE MAINTENANT.
AVEC CE QUE JE LUI AI DIT LA DERNIÈRE FOIS...
IL NE RESSENT PLUS RIEN POUR MOI.
CHRYSALIDE !
DASH
AH !
ATTENTI...

BOM
TU N'ES PAS BIEN...
DE COURIR AVEC UN CACHE-ŒIL.
...
TU AS ENTENDU MA DISCUSSION AVEC RAN ?
...

EX-
CUSEZ-
MOI...
EXCUSEZ-MOI
DE VOUS AVOIR
DEMANDÉ CONSEIL
AU SUJET DE SHINDÔ,
SANS RÉFLÉCHIR À
CE QUE VOUS
RESSENTIRIEZ.
かぁぁ
BLUSH
ÇA NE
M'A PAS
TELLE-
MENT DÉ-
RANGÉ...
AH
BON
?
JE SUIS
VRAIMENT
DÉSOLÉE...
DIS-
MOI...
QU'EST-CE
QUE TU AS
ENTENDU DE
NOTRE CON-
VERSATION
?

QUE...
QUE VOUS LAISSERIEZ VOTRE PLACE...
PLITCH
PLITCH
AH—
BOUH...
JE NE VEUX PAS.
ALLEZ, ALLEZ.
TU ES BÊTE...

バサ
PLAF
AH...
!

QU'EST-CE QU'ELLES FONT LÀ ?
...
ON... ON Y VA ?
そそくさ…
TOP TOP
OK.
ON LUI DEMANDERA DES COMPTES APRÈS...
AVEC TOUS LES DÉTAILS.
ZUT !

DASH
DÉSOLÉE, JE DOIS LES RAT-TRAPER...
KAORI, ATTENDS !
TU SORS AVEC M. ICHIJIKU ?
POURQUOI TU NE NOUS AS RIEN DIT ?
TU NE NOUS FAIS PAS CONFIANCE ?
CE N'EST PAS ÇA...
...
OUI...

VOUS M'AVEZ TELLEMENT ENCOURA-GÉE AVEC RYÛSEI..
QUE JE N'AI PAS OSÉ VOUS DIRE QUE JE SUIS FINALEMENT SORTIE AVEC QUELQU'UN D'AUTRE...
TU VEUX DIRE QUE C'EST DE NOTRE FAUTE ?
PEUT-ÊTRE QUE TU AS FAIT ÇA EN PENSANT À NOUS.
MAIS ON A L'IMPRESSION D'AVOIR ÉTÉ PRISES POUR DES IDIOTES.
JE TROUVE QUE... TU MANQUES DE SENSIBILITÉ.

WHUSH
PASSEZ-MOI CETTE ORANGE.
BONG
ÇA...
ÇA VA ?!
TU T'ES COGNÉ LA TÊTE ?!
ÇA FAIT UN SACRÉ BRUIT.
HÉ HÉ
ÇA M'APPRENDRA À FAIRE ATTENTION.
IL S'EST PASSÉ QUELQUE CHOSE AVEC HANA ?

POUR-QUOI TU DIS ÇA ?
DEPUIS QU'ELLE EST VENUE AU RESTAURANT, TU ES BIZARRE.
TU AS LE SENS DE L'OB-SERVATION.
COMMENT J'AI FAIT...
POUR IGNORER LES AUTRES COMME ÇA ?
JE SUIS IGNOBLE.

RESTAURANT
MOTHER GARDEN
JE RENTRE.
À DEMAIN.
チリリン
ÇA TE DIT UNE PETITE BALADE ?
OÙ TU AS TROUVÉ CE VÉLO ?
シャ DZZZI
C'EST LE PATRON QUI ME L'A PRÊTÉ.

SHINDÔ ?
MMH ?
JE SAIS QUE C'EST TROP TARD MAIS...
JE TE DEMANDE PARDON.
JE SUIS UNE FILLE INSENSIBLE...
QUI NE PENSE QU'À ELLE.
ET CE JOUR-LÀ, JE T'AI FAIT DU MAL.
QU'EST-CE QUE TU RACONTES ?

JE NE T'EN VEUX PAS.
SI QUELQU'UN NE PENSE QU'À LUI ICI, C'EST BIEN MOI.
...
LOGIQUE, NON ?
JE T'AI DIT QUE JE T'AIMAIS ALORS QUE JE SORTAIS AVEC HANA.
AU CONTRAIRE, JE DEVRAIS PLUTÔT TE REMERCIER.
ME REMERCIER ?
CRIII
ON MARCHE UN PEU ?

FAMILLE SASAKI
UN CIMETIÈRE ?!
スタスタ
IL EST ACCRO AUX LIEUX OCCULTES ?!
ドキ
ドキ
FAMILLE SHINDÔ
FAMILLE SHINDÔ

AH...
LA MÈRE DE SHINDÔ... PENDANT NOTRE 2E ANNÉE DE COLLÈGE...
ÇA FAIT DÉJÀ DEUX ANS...
TU TE SOUVIENS ?
MILLE
INDÔ
DE QUOI ?
DE CE QUE TU M'AS DIT ALORS QUE JE N'ARRIVAIS PAS...
À ME REMETTRE DU DÉCÈS DE MA MÈRE.
EUH...
NON...
QU'EST-CE QUE JE T'AI DIT ?

MÊME AVEC LE TEMPS, CE SERA TOUJOURS DUR.
VOILÀ. C'EST EXACTEMENT...
LA RÉACTION QUE J'AI EUE QUAND TU M'AS DIT ÇA.
CHOC
TU AS PERDU QUELQU'UN QUI T'ÉTAIT CHER.
C'EST NORMAL DE NE PAS T'EN REMETTRE.
TU TENAIS BEAUCOUP À TA MÈRE.

TA MÈRE AUSSI TENAIT À TOI, N'EST-CE PAS ?
BIEN SÛR...
ALORS, VOUS ÊTES RESTÉS UNIS JUSQU'AU BOUT.
VOUS AVEZ PU ÊTRE ENSEMBLE PENDANT SES DERNIERS INSTANTS.
J'AI COMPRIS À CE MOMENT...
QUE SI C'ÉTAIT MOI QUI ÉTAIS MORT, C'EST MA MÈRE QUI AURAIT SOUFFERT.
ÇA M'A DONNÉ LA FORCE DE SUPPORTER MA PEINE.
TES PAROLES M'ONT FAIT COMPRENDRE QUE J'AVAIS BIEN FAIT DE RESTER PRÈS D'ELLE JUSQU'AU BOUT.

TOUT LE MONDE ÉVITAIT D'ÉVOQUER MA MÈRE DEVANT MOI.
TU AS ÉTÉ LA SEULE À OSER ME PARLER AINSI.
TON INSENSIBILITÉ M'A SAUVÉ.
JE N'EXAGÈRE PAS DU TOUT. C'EST VRAIMENT GRÂCE À TOI QUE J'EN SUIS LÀ AUJOURD'HUI.
JE N'AI PAS MAL TOURNÉ ET J'AI PU ENTRER AU LYCÉE.
HEIN, MAMAN ?
FAMILLE SHINDÔ

AGEHA, C'EST...
GRÂCE À TON INSENSIBILITÉ.
FAMILLE SHINDÔ

24E ÉPISODE : LA FLEUR ATTAQUE
2008. 5. 12 MIWA UEDA

AGEHA, C'EST...
GRÂCE À TON INSENSIBILITÉ.
BONJOUR À TOUS !
MOTHER GARDEN
C'EST À MOI DE TE REMERCIER SHINDÔ.
TON CACHE-ŒIL ?
TU ES GUÉRIE ?
OUI.
TANT MIEUX.

MERCI POUR HIER.
ÇA NE M'APPORTERA RIEN...
DE NE RESSENTIR QUE DU DÉGOÛT ENVERS MOI-MÊME.

MON PROBLÈME ÉTAIT UN MANQUE DE COMMUNICATION ET DE CONFIANCE PAR RAPPORT AUX AUTRES.
HANA...
QUE CE SOIT AVEC SHINDÔ...
OU LES FILLES...
TOUT CELA NE SERAIT PAS ARRIVÉ SI JE LEUR AVAIS TOUT DIT.
PAREIL POUR M. ICHIJIKU...
AUCUN NOUVEAU MESSAGE
SOUPIR
JE N'AI PAS EU DE NOUVELLES DE LUI DEPUIS CE SOIR-LÀ.
SI ELLE TOMBE AMOUREUSE DE QUELQU'UN DE SON ÂGE...
ET QU'ELLE VEUT SORTIR AVEC LUI, JE SUIS PRÊT À LAISSER MA PLACE.

JE NE DOIS PAS M'IN-QUIÉTER !
IL NE M'A PAS DIT QU'IL VOULAIT ME QUITTER.
ÇA NE SERT À RIEN DE BROYER DU NOIR TOUTE SEULE.
IL FAUT D'ABORD QUE L'ON EN PARLE.
カチ カチ カチ
TIP TIP TIP
EST-CE QUE JE PEUX PASSER CHEZ TOI ?
ENVOI MODIF MENU
カチッ
TCHAC
ピンポーン
DING DONG
HAYATO ICHIJIKU

ピンポーン
DING DONG
ピンポーン
DING DONG
HANA
IL N'EST PAS CHEZ LUI.
OÙ PEUT-IL BIEN ÊTRE ?!
ピッ
TIP
プルルルル
TUUUT
プルルルル
TUUUT
HANA
VOUS ÊTES SUR LA MESSAGERIE DU...
ピッ
TIP
BIP

REÇUS
ÉMIS
01 7/25 11:30 HAYATO ICHIJIKU
02 7/24 23:00 HAYATO ICHIJIKU
03 7/24 19:00 HAYATO ICHI
04 7/23 21:00 HAYATO ICHIJIKU
MODIF
MENU
CE N'EST PAS VRAI...
QU'EST-CE QU'IL FABRIQUE... ?
...
HA
JE PEUX ESSAYER DE LUI ENVOYER UN MESSAGE...
ASSISTANCE-CONSEIL
ICHIJIKU
q@counseling.ac
090-xxxx8935

RAN ICHIJIKU
COLOUR COORDINATOR
TEL 090-XXXX
TIENS, VOICI MA CARTE DE VISITE.
SI TU ES INTÉRESSÉE PAR LA CHROMATHÉRAPIE ET L'AURA-SOMA, VIENS ME RENDRE VISITE.
HAN
DÉSOLÉE DE VOUS AVOIR FAIT ATTENDRE.
ÇA A L'AIR BON.
AGEHA.
ATTENTION, TON COLLIER SORT DE TON COL.
HEIN ?

OUPS !
JE SUIS DÉSOLÉE.
TU LE PORTES TOUT LE TEMPS.
TU L'AS ACHETÉ OÙ ?
AH...
EUH...
BONNE QUESTION...
AH, CE N'EST PAS TOI QUI L'AS ACHETÉ...
C'EST UN CADEAU ?
JE...
EUH...
C'EST ÇA.

C'EST TON...
AH...
ELLE EST LÀ. AGEHA !
HEY !
NOUS VOILÀ !
IL FAIT SUPER CHAUD.
J'AI TROP SOIF.

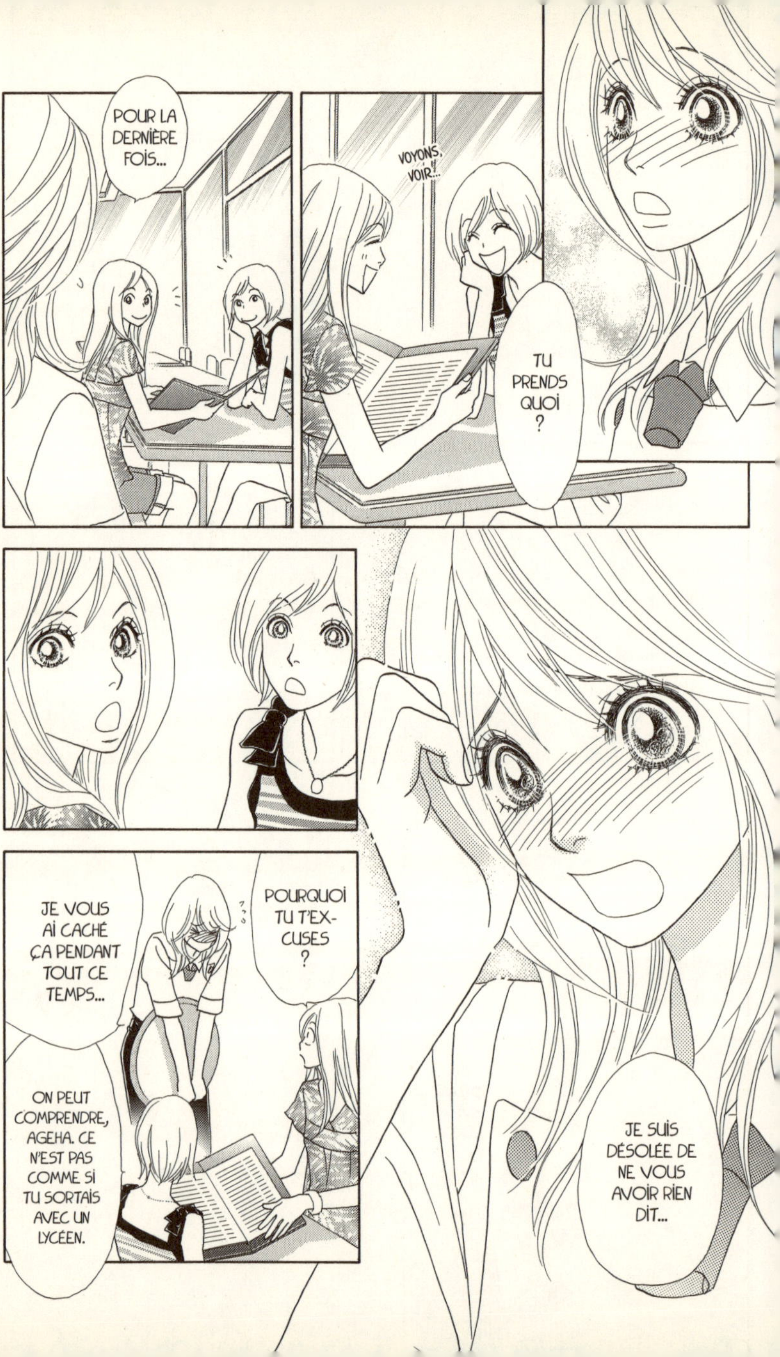
POUR LA DERNIÈRE FOIS...
VOYONS, VOIR...
TU PRENDS QUOI ?
JE SUIS DÉSOLÉE DE NE VOUS AVOIR RIEN DIT...
JE VOUS AI CACHÉ ÇA PENDANT TOUT CE TEMPS...
POURQUOI TU T'EX-CUSES ?
ON PEUT COMPRENDRE, AGEHA. CE N'EST PAS COMME SI TU SORTAIS AVEC UN LYCÉEN.

MAIS SI TU TIENS TELLEMENT À TE FAIRE PARDONNER...
ON VEUT BIEN QUE TU NOUS OFFRES LE REPAS.
SMILE
ET VOILÀ.
OUAH, ÇA A L'AIR TROP BON ! ♡
C'EST PARTI !

EN TOUT CAS, BIEN JOUÉ AVEC M. ICHIJIKU.
VOUS ÊTES ENSEMBLE DEPUIS QUAND ?
EUH...
ENVIRON LA MI-JUIN.
ET...
KAORI ?
TU AS DE LA CHANCE D'ÊTRE AVEC UN HOMME, UN VRAI.
JE TE RAPPELLE QUE TON COPAIN AUSSI EST PLUS ÂGÉ QUE TOI.
OUI, MAIS CE N'EST PAS PAREIL.
AH...
OUI...
ON LUI A PROPOSÉ DE VENIR...
MAIS...
ÇA LUI A MIS UN COUP D'APPRENDRE QUE TU SORTAIS AVEC M. ICHIJIKU.
TU CONNAIS SON CÔTÉ PRUDE...

ÇA VA S'ARRANGER AVEC LE TEMPS.
ELLE VIENDRA LA PROCHAINE FOIS.
OK...
AGUEU
AGEHA !
C'EST GENTIL D'ÊTRE VENUE.
JE PRÉFÈRE QU'ON SE PARLE FACE À FACE PLUTÔT QU'AU TÉLÉPHONE.
ÇA FAIT UN MOMENT QUE JE N'ARRIVE PAS À JOINDRE M. ICHIJIKU. IL EST OCCUPÉ, CES DERNIERS TEMPS ?
HANA

JE NE SAIS PAS TROP. IL ÉTEINT SON TÉLÉPHONE PENDANT SES COURS ET SES CONSULTA-TIONS.
TU N'AS PAS À T'EN FAIRE.
C'EST CE QUI S'EST PASSÉ LA DERNIÈRE FOIS QUI T'INQUIÈTE ?
JE VOIS...
HEIN ?
HI HI
IL FAISAIT UN PEU LA TÊTE PARCE QU'UN GARÇON ÉTAIT AMOUREUX DE TOI.
IL A PEUT-ÊTRE PENSÉ QUE ÇA ALLAIT T'ÉLOIGNER DE LUI.

C'EST POUR ÇA QU'IL A DIT QU'IL LAISSERAIT SA PLACE.
ÇA MONTRE QU'IL SE FAIT DU SOUCI.
TU PEUX ÊTRE TRANQUILLE. IL EST FOU DE TOI.
TRÈS BIEN...
À SON RETOUR, JE LUI AI POURTANT DIT DE BIEN TE RASSURER...
JE ME DEMANDE CE QU'IL FABRIQUE.
HAYATO, OCCUPE-TOI D'ANALYSER AUSSI CES DONNÉES.
OK.
JE DEVRAIS FAIRE UNE ÉTUDE SUR L'ÉPUISEMENT...
QU'EST-CE QU'ON DEVRAIT DIRE, NOUS... ?

J'AI DES BENTÔ POUR TOUT LE MONDE.
OUAIS !
GÉNIAL !
ALLEZ, À TABLE !
201
HAYATO ICHIJIKU
ピンポーン
DING DONG
ピンポーン
DING DONG
…
• • •
PAS DE MESSAGE NI DE COUP DE FIL…
EST-CE QU'IL CHERCHERAIT…
À M'ÉVITER ?
ET IL N'A PAS L'AIR D'ÊTRE CHEZ LUI NON PLUS.

Ah !
Ce n'est pas vrai...
Je recommence à voir tout en négatif.
Réfléchissons calmement.
M. Ichijiku n'est pas du genre à ignorer les gens comme ça.
Il disait qu'il avait beaucoup de travail pendant ses vacances.
Je suis sûre qu'il me contactera bientôt.
Ageha, tu ne viens pas manger ?
Je vais d'abord prendre mon bain.
チカッ
BRRRR

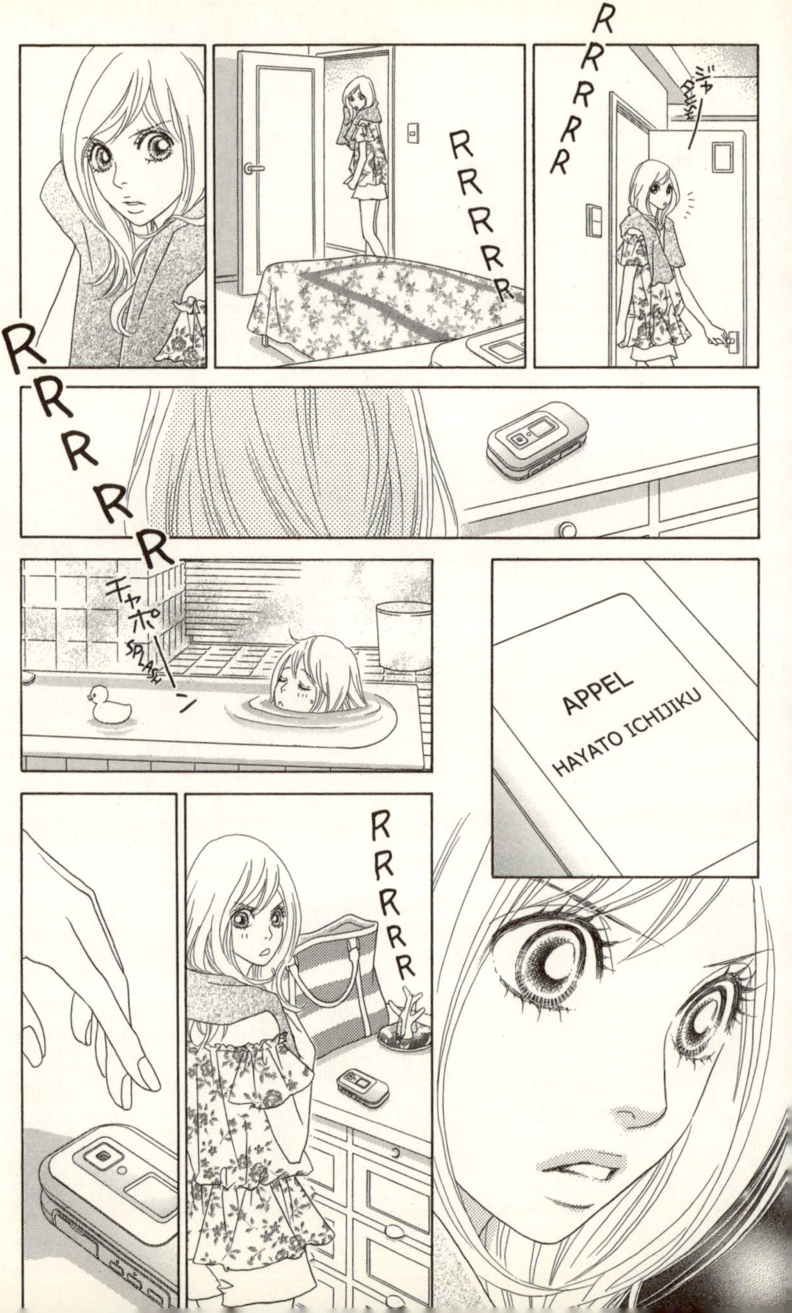
RRRRRR
ジャ
CLUSH
RRRRRR
RRRRR
キャポーン
SPLASH
APPEL
HAYATO ICHIJIKU
RRRRRR

ALLO...
CHRYSALIDE ?
DÉSOLÉ DE NE PAS T'AVOIR APPELÉE PENDANT TOUT CE TEMPS.
...
DEPUIS LE DERNIER SOIR...
ÇA VA AVEC TES AMIES ?
TU ES SÛRE ?
ÇA VA.
SI TU AS BESOIN D'AIDE, DIS-LE MOI.
AU FAIT, RAN M'A DEMANDÉ PAR MAIL SI TOUT S'ÉTAIT ARRANGÉ. TU AS COMPRIS QUE C'ÉTAIT UN MALENTENDU LA DERNIÈRE FOIS, HEIN ?

OUI...
ELLE M'A DIT QUE VOUS ÉTIEZ FOU DE MOI.
MA SŒUR, IL FAUT TOUJOURS QU'ELLE L'OUVRE...
C'EST FAUX ?
NON...
C'EST-À-DIRE QUE...
...

TU VOIS LE COLLIER QUE JE T'AI OFFERT ?
...
OUI...
SI JE TE COMPARE AU PENDENTIF EN FORME DE PAPILLON...
JE DIRAIS QUE...
TU T'ES ÉPANOUIE EN MOI AU POINT D'ÊTRE DIX FOIS...
PLUS GRANDE QUE CELUI-LÀ.

BREF, TU COMPRENDS...
HUM HUM
JE VEUX QU'ON RESTE ENSEMBLE.
BIP
TU TU
POURQUOI ELLE A RACCROCHÉ ?!
BAM

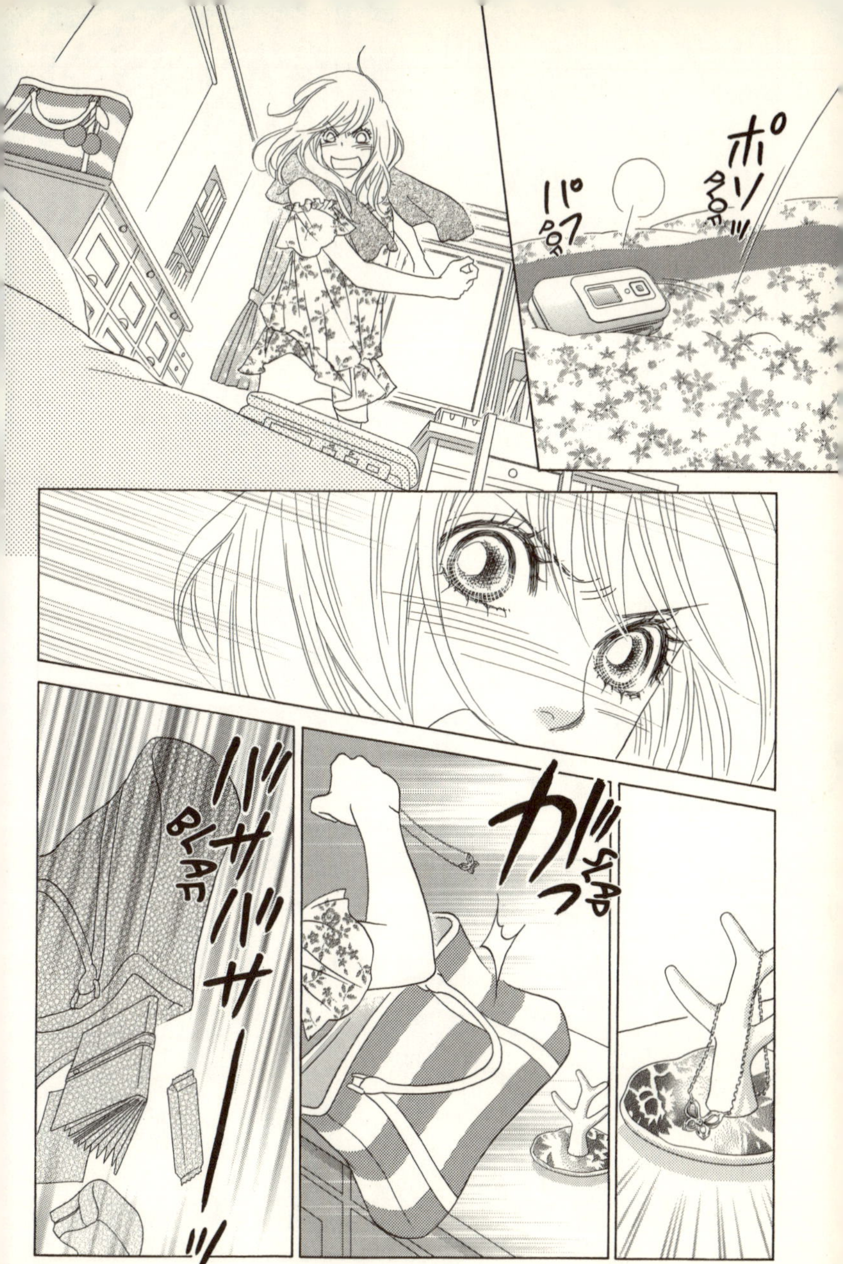

ポソッ
PLOF
パフ
POF
ガッ
SLAP
バサバサー―ッ
BLAF

...
FLAP !...
COUPON BISOU
COUPON BISOU
COUPON BISOU
COUPON DORMIR ENSEMBLE
COUPON EXAUCE TES SOUHAITS
COUPON COUCHER ENSEMBLE
COUPON MAGIQUE
COUPON BISOU
TE D'UTILISATION : ILLIMITÉE
COUPON BISOU
DATE D'UTILISATION : N'IMPORTE QUAND
COUPON BISOU
DATE D'UTILISATION : N'IMPORTE QUAND
COUPON DORMIR ENSEMBLE
DATE D'UTILISATION : PROCHE
UPON
ES SOUHAITS
ATION : PROCHE
EXAU
DA
COUPON
CHER ENSEMBLE
UTILISATION : QUAND TU VEUX
COUPON MAGIQUE
EXAUCE CE QUE TU VEUX

MERCI POUR LE REPAS.
ESSE
EST-CE QU'IL M'A ENVOYÉ UN MESSAGE ?
GRAT
TIENS ?
MON PORTABLE ?
OÙ EST-CE QUE JE L'AI POSÉ ?

VLAM
MAMAN !
TU N'AS PAS VU MON COLLIER AVEC UN PENDENTIF EN FORME DE PAPILLON ?
CELUI QUI ÉTAIT SUR MON ARBRE À BIJOUX.
NON.
TU ES SÛRE DE L'AVOIR POSÉ LÀ ?
MAIS OUI ! JE L'AI ENLEVÉ AVANT DE PRENDRE MON BAIN !
CHERCHE AILLEURS.
ÇA M'ARRIVE SOUVENT DE ME TROMPER EN PENSANT AVOIR POSÉ UN OBJET À UN ENDROIT PRÉCIS.

BLAF
FRSH
FRSH
CE N'EST PAS VRAI ?!
POUR-QUOI ?!
OÙ EST-CE QU'IL EST PASSÉ ?!

ピンポーン
DING DONG
ガチャ
CLAC
EH BIEN.
QU'EST-CE QUE TU FAIS LÀ ?

PLUTÔT QUE DE PARLER AU TÉLÉ-PHONE...
JE VOULAIS ENTENDRE VOTRE VOIX DIREC-TEMENT...
ALLEZ, ENTRE.
POURQUOI TU CACHES TON VISAGE ?

J'AI... ENLEVÉ MON CACHE-ŒIL...
MAIS MA PAUPIÈRE EST ENCORE ENFLÉE.
ÇA ME GÊNE QUE VOUS ME VOYIEZ COMME ÇA.
AH...
TU N'AS PAS À T'EN FAIRE POUR UNE PAUVRE PIQÛRE.
COUPON
COUCHER ENSEMB
DATE D'UTILISATION : QUAND

* INFUSION DE GRAINS D'ORGE GRILLÉS QUE L'ON CONSOMME LE PLUS SOUVENT FROIDE.

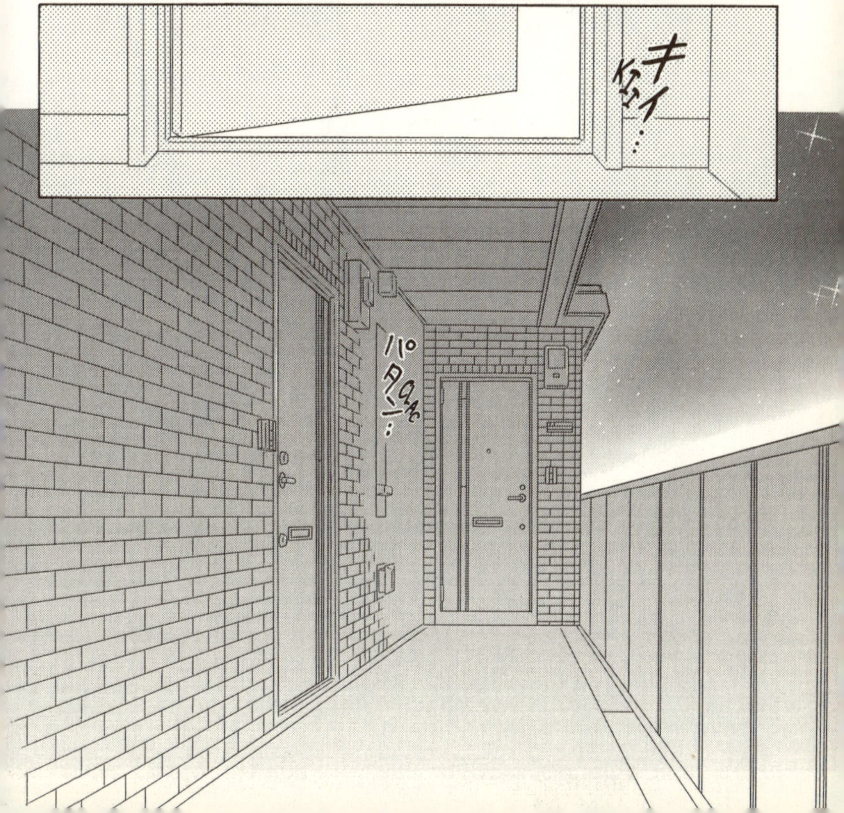

25E ÉPISODE : CAMOUFLAGE

ぐちゃら
DÉSORDRE
WAH !
QU'EST-CE QUI SE PASSE, ICI ?
IL Y A EU UNE TEMPÊTE OU QUOI ?!
MON COLLIER !
JE NE LE TROUVE NULLE PART !

TU NE L'AS PAS OUBLIÉ DANS LE LINGE QUE TU AS MIS À LAVER ?
JE VIENS D'ALLER VÉRIFIER.
トロボウ
VOLEUR ?
ボワ
GWIII
C'EST BIZARRE. AUCUN VOLEUR N'EST ENTRÉ DANS LA MAISON POURTANT.
HA...
HANA ?!
MA SŒUR NE PEUT PAS FAIRE ÇA ?
NON...
MAIS ÇA NE PEUT ÊTRE QUE ÇA.
ドンドン
TOC TOC
HANA, OUVRE.
JE SAIS QUE TU ES LÀ.
ガチャ
CLAC

PERSONNE
QUOI ?
HANA N'EST PAS LÀ ?
OÙ EST-CE QU'ELLE PEUT BIEN ÊTRE À CETTE HEURE-CI ?
ELLE N'EN FAIT VRAIMENT QU'À SA TÊTE.
EN FAIT, HANA...

ELLE ALLUME SON COPAIN EN SE FAISANT PASSER POUR TOI.
TON MUGICHA.
JE PEUX...
M'ASSEOIR À CÔTÉ DE VOUS ?

TOP ポン
TOP ポン
POUF ストン
PLINK... カラン...

ON POURRAIT REPRENDRE NOTRE CONVER-SATION, NON ?
ゴフッ BWUUUF
TU CROIS QUE C'EST SI FACILE QUAND TU ES EN FACE DE MOI ?
OH !
ゲホッゴホ KOF KOF KOF!!
ゲッホ KOF
ぐえっ URF
JE SUIS VENUE JUSQU'ICI, QUAND MÊME.
ゴホ… FUM…

COUPON
COUCHER ENSEMBLE
MONS...
RRRRR
AH, MON TÉLÉPHONE.
RRRRR

MAISON DE CHRYSALIDE
0XX2XXXXXX
ÇA VIENT DE TON TÉLÉPHONE FIXE !
ATTENDS ! TU AS DIT À TES PARENTS QUE TU VENAIS ME VOIR ?!
RRRRRR
NE DÉCROCHEZ PAS !
HEIN ?
MAIS ILS DOIVENT ÊTRE INQUIETS QUE TU NE SOIS PAS ENCORE RENTRÉE...
SLAP
NE DÉCROCHEZ PAS. JE VAIS LES RAPPELER.
TIP

* PETITE SUPÉRETTE OUVERTE 24 HEURES SUR 24.

À TOUT.
QUOI ?
ATT...
BIP
C'ÉTAIT...
TU
HANA ?
TU
J'EN ÉTAIS SÛRE, ELLE EST BIEN CHEZ LUI.
ELLE A DÛ TOUT DE SUITE RÉAGIR APRÈS QUE J'AI APPELÉ M. ICHIJIKU.
C'EST BON, JE LES AI RASSU-RÉS.
TOUT EST OK.

ILS VONT SE FAIRE DU SOUCI JUSQU'À CE QUE TU RENTRES À LA MAISON.
IL VAUT MIEUX QUE TU Y AILLES.
JE TE RACCOMPAGNE.
ガチャ
CLAC
BAM

CHRYSA-
LIDE...
NON.
JE NE
VEUX PAS
RENTRER.
JE
VEUX
RESTER
ICI
!

MISÈRE !
J'AURAIS DÛ M'EN APERCEVOIR PLUS TÔT.
LE PORTABLE, LE COLLIER... TOUT EST L'ŒUVRE DE HANA.
ELLE A ENCORE L'INTENTION DE SE FAIRE PASSER POUR MOI.
IL FAUT VITE QUE JE L'EN EMPÊCHE !
VLAM

OUPS !
PAPA...
EH BIEN ?
OÙ TU VAS À UNE HEURE PAREILLE ?
EUH...
AU CONVINI...
HABILLÉE COMME ÇA ? IL EST DÉJÀ TARD. TU IRAS DEMAIN.
M... MAIS...
EUH... EN FAIT...
HANA A OUBLIÉ SON PORTEFEUILLE À LA MAISON ET ELLE M'A DEMANDÉ DE LUI APPORTER.

HANA ?
OUF
QUELLE TÊTE EN L'AIR.
BON, JE VAIS T'ACCOMPAGNER.
MAIS D'ABORD VA TE CHANGER.
QUOI ?
HABILLE-TOI MIEUX QUE ÇA.
CE N'EST PAS VRAI !

JE SUIS PRÊT À LAISSER MA PLACE.
IL FAUT QUE TU LA RASSURES.
ELLE EST INQUIÈTE AU SUJET DE VOTRE RELATION.
...
JUSTE UNE HEURE ALORS, OK ?

COUPON
COUCHER ENSEMBLE
DATE D'UTILISATION : QUAND TU VEUX
TU AS FAIT TOMBER QUELQUE CHOSE.
FWIP
ハラリ
COUPON
COUCHER ENSEMBLE
DATE D'UTILISATION : QUAND TU VEUX

AH !
ぱっ SLAP ぱっ
HÉÉÉÉÉ
TU VEUX UTILI-SER CE COUPON ?
MAIS...
MAIS NON.
HÉ HÉ
POURQUOI TU L'AS PRIS AVEC TOI, ALORS ?
AUCUNE IDÉE.
MPFH
HA HA
J'AVAIS COMPLÈTEMENT OUBLIÉ QUE JE T'AVAIS DONNÉ ÇA.
D'AILLEURS, TU N'Y AS PAS ENCORE TOUCHÉ.

ALORS...
TU VEUX UTILISER LEQUEL ?
...
ピリリ
SCRITCH
COUPON BISOU DATE D'UTILISATION : ILLIMITÉE
COUPON BISOU DATE D'UTILISATION : N'IMPORTE QUAND
COUPON BISOU DATE D'UTILISATION : N'IMPORTE OÙ
COUPON DORMIR ENSEMBLE DATE D'UTILISATION : PROCHE
UN COUPON BISOU, HEIN.
OK.
VOYONS...
ASSIEDS-TOI SUR LE CANAPÉ.

TU VEUX VENIR SUR MES GENOUX ?
...
AVANT...
ÉTEIGNEZ LA LUMIÈRE.
EH BEN...
DIS DONC.
TU ES BIEN ENTREPRENANTE, AUJOURD'HUI.
QU'EST-CE QUE VOUS ÊTES EN TRAIN D'IMAGINER ?!
C'EST JUSTE QUE JE NE VEUX PAS VOUS MONTRER MON ŒIL ENFLÉ...

LA PIQÛRE A POURTANT L'AIR D'AVOIR COMPLÈTEMENT DISPARU.
AH, LES FILLES...
パチッ
C'EST MIEUX COMME ÇA ?
MERCI.

C'EST ICI...
QU'HANA T'ATTEND ?
CE N'EST PAS VRAI...
OUI...
POURQUOI IL A FALLU QU'IL VIENNE ?
CE N'EST PAS LE MOMENT DE TRAÎNER !
ELLE N'EST PAS LÀ.
EN EFFET.
ELLE EST PEUT-ÊTRE RENTRÉE À LA MAISON.
MGRR
MGRR
SI JE NE ME DÉPÊCHE PAS...
NAAAAAH!!
(CRI DU CŒUR)
IL FAUT QUE JE TROUVE UN MOYEN DE SEMER MON PÈRE.
OU BIEN, AU PIRE, JE L'EMMÈNE AVEC MOI.

TIENS ?
NON, SI JE FAIS ÇA, M. ICHIJIKU RISQUE D'AVOIR DES ENNUIS...
CE N'EST PAS HANA LÀ-BAS ?
HEIN ?
HANA ? NON.
ELLE N'A PAS CE GENRE DE VÊTEMENTS.
IL SE TROMPE.
HÉ !
JE SUIS SÛRE QUE CE N'EST PAS ELLE.
C'EST LE MOMENT OU JAMAIS !
M. ICHIJIKU...

NE VOUS TROMPEZ PAS DE PERSONNE !

SMACK
SI JE TE COMPARE AU PENDENTIF EN FORME DE PAPILLON...

JE DIRAIS QUE TU T'ES ÉPANOUIE EN MOI AU POINT D'ÊTRE DIX FOIS...
PLUS GRANDE QUE CELUI-LÀ.

ポタッ
PLITCH
CHRYSALIDE ?
HEIN...
?
ÇA NE VA PAS ?

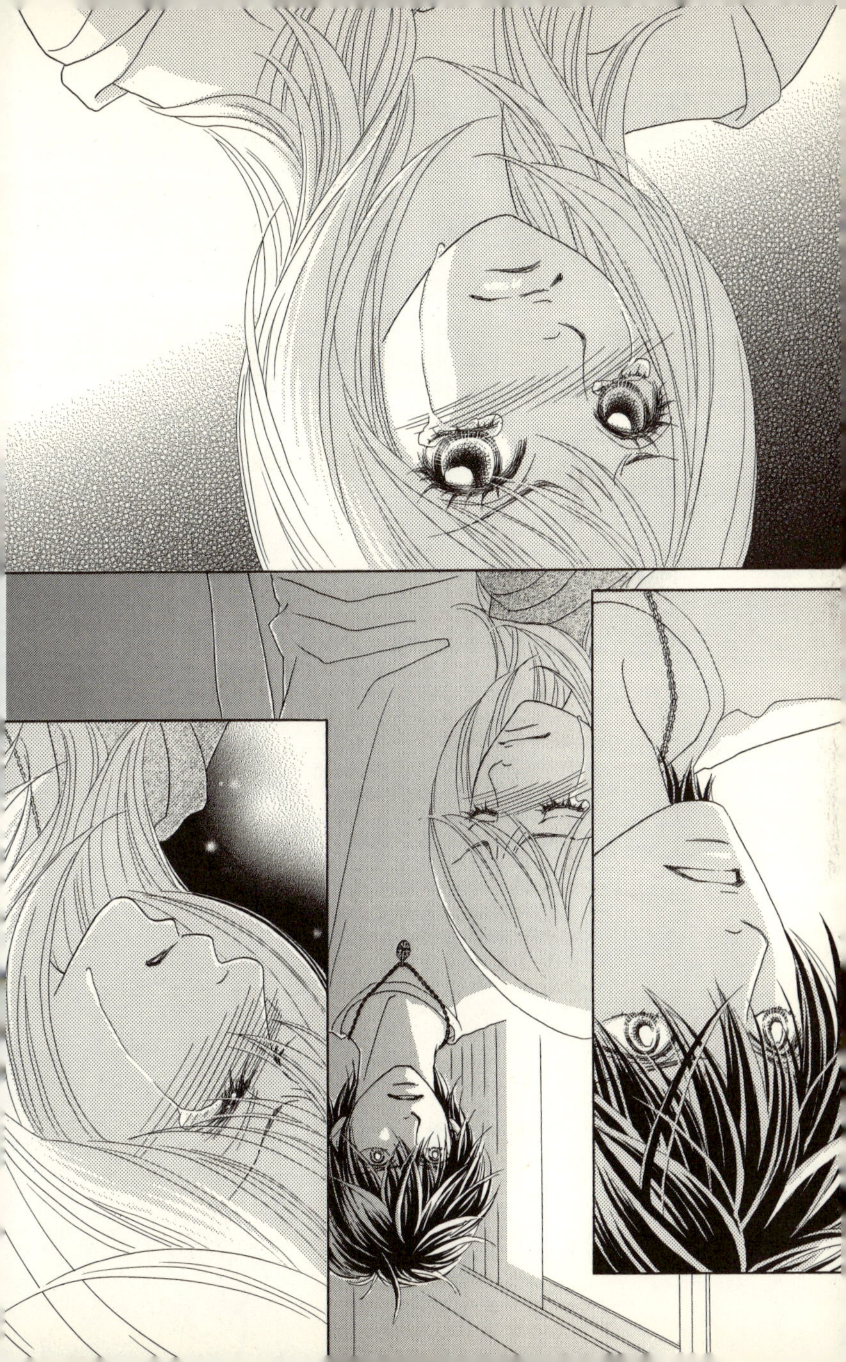

HANA ?
À SUIVRE DANS LE VOLUME 6

Staff

Aiko Amemori
Tomomi Kasue
Satsuki Furukawa
Akiko Kawashima
Ayumi Yoshida
Hiromi Inui

Éditeur

Toshiyuki Tanaka

31 juillet 2008

Miwa Ueda

PAGES BONUS
MERCI D'AVOIR LU LE 5E VOLUME DE PAPILLON.
CETTE FOIS-CI, JE VAIS VOUS PARLER DU MÉCANISME DE LA **PROJECTION** EN PSYCHOLOGIE.
QU'EST-CE QUE LA PROJECTION ?
C'EST QUAND LES PENSÉES PROFONDES SONT RÉVÉLÉES PAR NOTRE FAÇON D'INTERPRÉTER LES CHOSES.
DANS LE CAS D'UN JEUNE HOMME QUI PENSE QUE SA COPINE LE TROMPE, IL SE TROUVE QU'IL EST ÉGALEMENT LUI-MÊME TENTÉ DE LA TROMPER.
PRENONS UN EXEMPLE PRÉCIS.
UN JEUNE HOMME TENTÉ DE TROMPER SA COPINE...
EST PRIS D'UNE FORTE ANGOISSE LORSQUE SA COPINE VA À UNE SOIRÉE.
TU ES OÙ ?!
POURQUOI TU NE RÉPONDS PAS ?
RENTRE-VITE À LA MAISON !
IL EST TRÈS POSSESSIF ET S'IMMISCE DE FAÇON EXCESSIVE DANS SA VIE...
CAR IL A LUI-MÊME FAIT L'EXPÉRIENCE D'ÊTRE ALLÉ TROP LOIN LORS DE CE GENRE DE SOIRÉES.
JE SUIS COMME ÇA, DONC, JE ME DIS QUE MA COPINE EST PAREILLE !
EH BEN...
C'EST ÇA, LA PROJECTION.

DANS CE VOLUME, AGEHA PENSE QUE HANA N'A PAS ENCORE OUBLIÉ CE QUI S'EST PASSÉ AVEC SHINDÔ...
ELLE NE LUI DIT DONC PAS QU'ELLE TRAVAILLE AVEC LUI.
LÀ AUSSI, IL S'AGIT DE PROJECTION.
EN FAIT, AGEHA AVAIT ENCORE L'HISTOIRE AVEC SHINDÔ SUR LE CŒUR.
CE FUT UN SI GROS CHOC ÉMOTIONNEL QU'ELLE AVAIT INCONSCIEMMENT FERMÉ L'ACCÈS À CE SOUVENIR...
ELLE PENSAIT À TORT QUE HANA ÉTAIT DANS LA MÊME SITUATION.
IL EN EST DE MÊME POUR LE PASSAGE DANS LEQUEL HANA TRAITE AGEHA D'INSENSIBLE.
ELLE DÉTESTE CE TRAIT DE CARACTÈRE AU POINT D'ÊTRE TRÈS AGRESSIVE DÈS QU'ELLE SE RETROUVE CONFRONTÉE À QUELQU'UN D'INSENSIBLE.
HANA CRITIQUE AGEHA, MAIS, EN RÉALITÉ, ELLE FAIT RÉFÉRENCE À SA PROPRE INSENSIBILITÉ ET À SON ÉGOÏSME.
IL EST COURANT D'AVOIR CETTE RÉACTION SANS AVOIR CONSCIENCE DE SES PROPRES ACTES.
LA PROJECTION ÉTANT L'AFFIRMATION DE CE QUE L'ON A AU FOND DE SON CŒUR...
EN RÉALITÉ, CE SONT CEUX QUI TRAITENT LES AUTRES D'INSENSIBLES QUI LE SONT.
SÉRIEUX ?
C'EST PARCE QU'ON A CE TRAIT DE CARACTÈRE EN SOI QU'ON LE REMARQUE CHEZ LES AUTRES.

LA PROJECTION, C'EST UN PEU COMME CRACHER EN L'AIR.
WAH
SPLIT
CA NOUS RETOMBE TOUJOURS DESSUS !
LA PROJECTION PERMET ÉGALEMENT DE **PRENDRE CONSCIENCE** DES SENTIMENTS QUE L'ON REFOULE.
ÊTRE HAUTAIN, MENTIR, ÊTRE EN RETARD...
ETC.
ENSUITE, DEMANDEZ-VOUS POURQUOI CELA VOUS DÉRANGE.
QUAND UNE PERSONNE VOUS ÉNERVE, OU QUE VOUS N'ARRIVEZ PAS À VOUS ENTENDRE AVEC ELLE...
ESSAYEZ DE RÉFLÉCHIR À CE QUI VOUS DÉRANGE CHEZ ELLE.
CEUX QUI N'AIMENT PAS QU'ON LES FASSE ATTENDRE LORS D'UN RENDEZ-VOUS...
ONT L'IMPRESSION D'ÊTRE NÉGLIGÉS...
OU...
DÉDAIGNÉS.
À CE MOMENT, ON PEUT UTILISER LE MÉCANISME DE LA PROJECTION.
ÇA ME REND TRISTE QUE TU SOIS TOUJOURS EN RETARD. J'AI L'IMPRESSION QUE TU ME NÉGLIGES.
ICI...
LE POINT IMPORTANT EST DE NE PAS DIRE CE QUE L'ON PENSE DU FAIT QUE LA PERSONNE EST CONSTAMMENT EN RETARD...
MAIS DE LUI DIRE CE QUE L'ON **RESSENT FACE À CELA.**

ÉTANT DONNÉ QU'ELLE DOIT AVOIR UN SENTIMENT DE CULPABILITÉ, SI ON LA CRITIQUE EN SE BASANT SUR DES ARGUMENTS, AUSSI FONDÉS SOIENT-ILS...
SA RÉACTION RISQUE D'ÊTRE NÉGATIVE, ET ELLE RISQUE DE MAL LE PRENDRE OU DE NE PAS TENIR COMPTE DE L'OPINION DE L'AUTRE.
ÇA ME FAIT DE LA PEINE.
SÉRIEUX ?
EXCUSE-MOI.
MAIS SI VOUS LUI DITES JUSTE LE MAL QUE CELA VOUS FAIT, ELLE SERA BEAUCOUP PLUS RÉCEPTIVE.
ENFIN, IL ARRIVE ÉGALEMENT QUE L'ON SE SENTE PLUS LÉGER APRÈS AVOIR RÉALISÉ LE GENRE DE PROJECTION DONT JE VAIS VOUS PARLER.
MON EX NE S'OCCUPAIT PAS DU TOUT DE MOI.
J'AI COMME UN POIDS SUR LE CŒUR.
LA PROJECTION PEUT ÉGALEMENT S'AVÉRER POSITIVE.
QUAND VOUS RESSENTEZ CHEZ LES AUTRES DE LA GENTILLESSE, DE LA CONFIANCE, DE LA BEAUTÉ, OU ENCORE DU CHARME...
CELA SIGNIFIE QUE CES SENTIMENTS ET CARACTÉRISTIQUES SE RETROUVENT AUSSI CHEZ VOUS.
MAIS NON, VOYONS ! ÇA N'EST PAS POSSIBLE !
JE NE SUIS PAS BELLE ET PUIS...
SI VOUS PENSEZ CELA, C'EST PEUT-ÊTRE PARCE QUE VOUS N'AVEZ PAS UNE HAUTE OPINION DE VOUS-MÊME.
MAIS IL EST CERTAIN QUE CES QUALITÉS SONT AU FOND DE VOUS.
RAPPELEZ-VOUS QUE L'ON NE PEUT PAS ÉPROUVER CE QUI N'EST PAS DANS SON CARACTÈRE.
ESSAYEZ DE DÉCOUVRIR LES POINTS FORTS DE VOTRE PERSONNALITÉ GRÂCE À LA PROJECTION.
EN PRENDRE CONSCIENCE EST LA CLÉ QUI PERMETTRA DE VOUS AMÉLIORER.
RENDEZ-VOUS DANS LE VOLUME 6 !
MI

EST PRÉVU POUR LE MOIS DE NOVEMBRE

Titre original :
PAPILLON - HANA TO CHO, vol. 5

First published in Japan in 2008
by Kodansha Ltd., Tokyo.
Publication rights for this French edition
arranged through Kodansha Ltd., Tokyo.

Traduction et adaptation : Emmanuel Bonavita
Création d'illustrations : Hinoko
Édition française
2012 Pika Édition
ISBN : 978-2-8116-0955-9
Dépôt légal : septembre 2012
Achevé d'imprimer en France
par Hérissey/Qualibris à Évreux en septembre 2012

PAPIER À BASE DE
FIBRES CERTIFIÉES

Pika Édition s'engage pour l'environnement en
réduisant l'empreinte carbone de ses livres.
Celle de cet exemplaire est de :
400 g éq. CO_2
Rendez-vous sur www.pika-durable.fr

www.pika.fr

ATTENTION !

Ceci est la dernière page du
cinquième épisode de PAPILLON.
Pour lire le début de ce volume,
il faut retourner le livre.

Une petite explication vous donnera
le mode d'emploi du sens de lecture,
fidèle à l'original, de droite à gauche.